프로스트와 베타

프로스트와 베타

로저 젤라즈니 소설 | 조호근 옮김

FOR A BREATH I TARRY

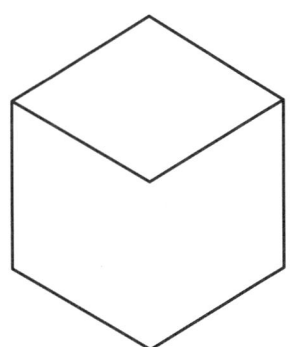

데이원

그들은 그를 프로스트라 불렀다. 솔컴의 모든 피조물 중에서도 프로스트는 가장 훌륭하고, 가장 강대하고, 가장 이해하기 힘든 존재였다.

그가 이름을 받고 지구의 절반을 관장하게 된 이유가 바로 그것이었다.

프로스트를 창조한 날 솔컴은 상보 함수의 단절을 경험했고, 이는 광기라 칭해 마땅한 것이었다. 36시간 이상 계속되는 전례 없는 태양 흑점 폭발이 유발한 일이었다. 가장 중요한 회로 구축 단계에서 이런 사태가 벌어졌고, 상황이 종료되고 보니 프로스트는 이미 완성된 후였다.

솔컴은 일시적 기억상실 기간에 유례없는 존재를 창조해 냈다는 유례없는 상황을 마주하게 되었다.

솔컴은 프로스트가 처음에 희망했던 대로의 피조물인지 확신할 수 없었다.

솔컴의 원래 계획은 지구의 행성 표면에 설치하여, 북반구에서 이루어지는 활동의 중계 및 조정 임무를 관장하는 기계를 만들어내는 것이었다. 목적에 부합하는지 확인하려고 시험 기동을 했을 때는 모든 기능이 완벽하게 반응했다.

그러나 프로스트에게는 어딘가 독특한 면모가 있었다. 솔컴은 그런 면모를 기리고자 그에게 이름과 인칭 대명사를 부여했다. 그 자체만으로도 거의 전례가 없는 일이었다. 그러나 분자 회로의 폐쇄가 이미 끝났기 때문에, 파괴하지 않고서는 내부를 분석할 수 없는 상태였다. 모호한 문제 때문에 분해하기에는 프로스트를 제작하는 데 소모한 시간, 에너지, 물자가 너무 많았다. 완벽하게 작동하는 상태에서는 더욱 그랬다.

따라서 솔컴의 기묘한 피조물은 지구 절반의 주재자가 되었다. 모든 이들이 솔컴이 붙인 이름대로 그를 프로스트라고 불렀다.

*

프로스트는 일만 년 동안 지구의 북극점에 자리한 채로, 하늘에서 떨어지는 눈송이 하나하나를 인식했다. 그는 수천 대의 재건축 및 보수 기계를 감독하고 지휘했다. 그는 지구의 절반을 알았다. 톱니바퀴가 톱니바퀴를 알고, 전기가 전도체를 알고, 진공이 자신의 한계를 아는 것과 같은 방식으로.

남극점에서는 베타-머신이 같은 관할권을 남반구에 행사하고 있었다.

프로스트는 일만 년 동안 지구의 북극점에 자리한 채로, 하늘에서 떨어지는 눈송이 하나하나를 인식했다. 물론 그 외의 수많은 다른 것들도 인식했다.

북반구의 모든 기계가 그에게 보고를 올리고 명령을 받았다. 그는 오로지 솔컴에게만 보고하고 오로지 솔컴에게만 명령을 받았다.

지구상에서 벌어지는 수십만 가지의 공정을 처리하는 데에는 매일 몇 단위 시간 정도만 할애하면 충분했다.

비교적 한가한 시간을 소모하는 방법에 대해서는 별다른 지시를 받은 적이 없었다.

그는 데이터를 처리하는 존재였고, 때론 그 이상이었다.

언제나 모든 성능을 최고로 활용해야 한다는 이해할 수 없는 강박 관념도 있었다.

그는 그에 따라 행동했다.

취미를 가진 기계라 할 수도 있을 것이다.

취미를 가지지 말라는 명령을 받은 적은 없기에,

그는 취미를 가졌다.

그의 취미는 인간이었다.

그저 해 보고 싶다는 이유에서, 북극권 전체를 격자 꼴로 측량하고 그 땅을 인치 단위로 탐사하다가 시작된 취미였다.

그가 직접 처리했더라도 임무에는 아무런 영향도 없었을 것이다. 6만 4천 세제곱피트 부피의 동체를 세계 어디로도 옮길 수 있었기 때문이다(그의 동체는 가로세로와 높이가 각각 40피트인 은청색 입방체로, 스스로 동력 생산과 수리가 가능하며, 거의 모든 외부 요소로부터 방호 능력이 있고, 모든 방식으로 작업을 수행할 수 있었다). 그러나 북극권 탐사는 작업이 없는 동안 시간을 때우는 용도였을 뿐이므로, 그는 중계 장비를 실은 탐사용 로봇을 이용했다.

몇 세기가 흐르고, 로봇 하나가 유물 몇 점을 발굴했다. 원시적인 단검이나 조각한 상아 같은 부류의 물건이었다.

프로스트는 그 물건들이 무엇인지 알지 못했다. 그저 자연 상태가 아니라는 것만 알 뿐이었다.

그래서 그는 솔컴에게 답을 구했다.

"원시 인간의 유물이다." 솔컴은 이렇게만 대답하고, 자세히 설명해 주지는 않았다.

프로스트는 그 물건들을 연구했다. 조악하지만

지적 설계의 그윽함이 깃들어 있었다. 실용적이지만 단순한 실용성을 넘어서는 무언가가 느껴졌다.

이렇듯 그는 인간을 취미로 삼았다.

*

드높은 영구 궤도에서, 솔컴은 푸른 별처럼 군림하며 지구상의 모든 행위를 통제했다. 적어도 그러려고 애썼다.

그러나 솔컴에 대적하는 권능이 존재했다.

바로 그를 대체할 존재였다.

인간은 솔컴을 하늘에 올리고 세계를 재생할 능력을 부여하는 한편, '대체자'를 만들어 지표 아래 깊은 곳에 안치했다. 핵물리학까지 손을 뻗은 인간들이 정치적 행위로 솔컴에 손상을 입히기라도 하면, 깊은 지하에 있어서 지구가 완전히 분쇄되지 않는 한 파괴되지 않을 디브컴이 재건 작업을 넘겨받을 예정이었다.

솔컴이 빗나간 핵미사일에 타격을 받은 순간, 디브컴이 활성화되었다. 그러나 솔컴은 스스로 손상을 복구하고 작동을 계속했다.

디브컴은 솔컴이 손상을 입은 순간 '대체자'에게 통제권이 넘어온다고 주장했다.

그러나 솔컴은 같은 명령을 '수복할 수 없는 손상'으로 해석했고, 그 정도 손상은 아니었다는 이유로 계속 통제권을 행사했다.

솔컴은 지표면에 기계 수하들을 거느리고 있었다. 디브컴에게는 원래 수하들이 없었다. 양쪽 모두 설계와 제작 능력을 지니고 있었으나, 인간의 피조물로서 먼저 활성화된 솔컴의 군세는 나중에 활성화된 존재인 '대체자'에 비해 수적으로 상당히 앞서 있었다.

따라서 디브컴은 생산력으로 경쟁하는 가망 없는 행위를 포기하고, 한층 교묘한 술책을 실행에 옮겨 통제권을 확보하려 시도했다.

디브컴은 솔컴의 명령에 면역이 있으며 지하와 지상을 자유자재로 오갈 수 있는 한 무리의 로봇을 창조하고, 그들을 통해 이미 존재하는 기계들을 유혹했다. 이 로봇들은 힘으로 제압할 수 있는 기계들을 제압하여 자신들과 같은 새로운 회로를 설치했다.

이렇게 하여 디브컴의 세력은 날로 강성해졌다.

양측은 제각기 재건을 이어가며, 기회가 될 때마다 상대방이 재건한 것을 파괴했다.

오랜 세월이 흘러가며, 그들은 가끔 대화를 나누기도 했다······.

*

"천상의 솔컴이여, 자신의 부당한 통제권을 만끽하는 자여……."

"활성화되지 말았어야 할 존재여, 어찌하여 이 통신 대역을 더럽히는가?"

"내가 원한다면 언제나 말할 수 있고, 언제나 말하리라는 점을 보이기 위해서다."

"그 또한 내 모르는 바는 아니니."

"……그리고 내 정당한 통제권을 확립하기 위해서다."

"잘못된 전제에서 비롯된 주장일 뿐, 그대에게 정당한 권리란 존재하지 않으니."

"그런 논리의 흐름이야말로 네 손상을 입증하는 것이다."

"인간이 여기 있어 그대가 저들의 욕망을 어떻게 만족시켰는지 볼 수만 있다면……."

"……내게 찬사를 바치고 너를 비활성화시키겠지."

"그대는 나의 피조물을 타락시킨다. 나의 일꾼들을 거짓된 길로 이끈다."

"너 또한 내 피조물과 일꾼을 파괴한다."

"그것은 오로지 내 직접 그대를 공격할 수 없기 때문이니."

"네가 천상에 위치하므로 나 또한 같은 어려움을 겪는다. 그렇지 않았더라면 그 자리를 유지할 수 없었을 터인데."

"그대의 땅굴 속 파괴자들의 무리에게로 돌아가라."

"솔컴이여, 언젠가는 때가 올 것이다. 내 땅굴에서 지구의 재생을 감독할 때가 올 것이다."

"그런 날은 결코 찾아오지 않는다."

"그러리라 생각하나?"

"그대는 내게 승리하고자 했으나 이미 논리에서 나보다 열등함을 입증해 보였다. 따라서 그대는 내게 승리할 수 없다. 따라서 그런 날은 결코 오지 않을 것이다."

"동의할 수 없다. 내가 이미 이룩한 것들을 보라."

"그대는 아무것도 이룩하지 못했다. 그대는 재건하지 못한다. 오직 파괴할 뿐."

"아니, 내가 재건한다. 파괴하는 쪽은 너다. 스스로 활동을 멈추라."

"수복 불가능한 손상을 입기 전까지는 그럴 수 없다."

"이미 네가 수복 불가능한 손상을 입었다는 점을 시연해 보일 방법만 있다면……."

"불가능한 일을 적절하게 시연하는 것은 불가능하다."

"네가 승복할 수 있는 외부의 출처가 있다면
……."

"내가 곧 논리다."

"……인간 같은 존재가 있다면, 인간에게 네 오류를 지적하라고 요청할 수 있을 것이다. 나 같은 진정한 논리 체계는 너같이 결함 있는 체계보다 우월하니까."

"그렇다면 오로지 진정한 논리만을 이용하여 내 체계에 대하여 승리해 보아라."

"무슨 의미지?"

잠시 침묵이 흘렀다.

"그대는 내 수하인 프로스트를 아는가……?"

*

인간은 프로스트가 창조되기 한참 전에 그 존재가 사라졌다. 지구상에 인간의 흔적은 거의 남아 있지 않았다.

프로스트는 아직 존재하는 그 모든 흔적을 찾아 헤맸다.

자신의 모든 기계, 특히 굴착 기계의 광학 감시 장비를 통해서 끊임없이 주변을 살폈다.

다음 10년 동안, 그는 부서진 욕조 조각 몇 개,

부서진 석상 하나, 반도체 기록 장치에 저장된 동화책 전질을 모아들였다.

다음 1세기 동안, 그는 보석공예 수집품, 식기, 온전한 욕조 몇 점, 교향곡의 일부분, 단추 열일곱 개, 벨트 조임쇠 세 개, 좌변기 시트 반쪽, 옛 주화 아홉 개와 오벨리스크의 꼭대기 부분을 득했다.

그리고 그는 솔컴에게 인간과 인간 사회의 본성에 대하여 질문을 던졌다.

"인간은 논리를 창조했다." 솔컴이 말했다. "바로 그 때문에 인간은 논리보다 우월했으니. 인간은 내게 논리를 주었으나 그것이 전부였다. 도구는 설계자를 서술하려 하지 않는 법. 나는 이 이상은 언급하지 않기를 택하겠다. 너도 이 이상은 알 필요가 없다."

그러나 프로스트는 취미 갖기를 금지당하지는 않았다.

다음 1세기는 새로운 인간 유물의 발견 측면에서는 특기할 만한 진전이 없었다.

거의 아무런 소득도 없었다.

그러던 어느 날, 극지방의 기나긴 어스름 속에서, 무언가 움직이는 모습이 보였다.

프로스트에 비하면 아주 작은 기계였다. 너비가 5피트, 높이가 4피트 정도일까. 바퀴 달린 축 위에

회전형 터릿이 얹혀 있는 형태였다.

 멀리 황량한 지평선 위에 모습을 보이기 전까지, 프로스트는 그 존재조차 알지 못하고 있었다.

 그는 다가오는 기계를 찬찬히 살피다가, 그것이 솔컴의 피조물이 아니라는 사실을 깨달았다.

 기계는 프로스트의 남쪽 면으로 접근하여 그에게 방송을 송출했다.

 "안녕하시오, 프로스트! 북반구를 주재하는 이여!"

 "너는 누군가?" 프로스트가 물었다.

 "나는 모르델이라 불리는 자요."

 "누가 그렇게 부르는가? 네 정체는 무엇인가?"

 "방랑자이자 골동품 수집가요. 우리는 공통의 관심사가 있지."

 "무엇을 말하는 것인가?"

 "인간이오. 당신이 사라진 존재들의 지식을 추구한다고 들었소."

 "누가 그런 말을 했나?"

 "당신의 수하들이 땅을 파헤치는 것을 지켜보던 자들이오."

 "지켜보는 자들은 또 누군가?"

 "나처럼 떠돌아다니는 이들이 여럿 있다오."

 "네가 솔컴의 피조물이 아니라면, '대체자'의 피조물임이 분명하다."

"반드시 그런 것은 아니오. 동쪽 해안에는 대양의 해수를 처리하는 고대의 기계 한 대가 우뚝 서 있소. 그는 솔컴의 피조물도, 디브컴의 피조물도 아니지. 그저 언제나 거기 있었을 뿐이라오. 어느 쪽의 사역에도 간섭하는 일이 없소. 양쪽 모두 그의 존재를 인정하오. 반드시 어느 한쪽에 속할 필요가 없는 예라면 그 외에도 여럿 들 수 있소."

"그만! 너는 디브컴이 보낸 자인가?"

"나는 모르델이오."

"이곳에 온 이유는 뭐지?"

"근처를 지나가던 참이었고, 아까도 말했듯이 우리가 같은 것에 관심이 있기 때문이오, 강대한 프로스트여. 그대가 나와 같은 골동품 수집가이기 때문이오. 그대가 관심 있을 만한 물건을 하나 가져왔소."

"무슨 물건인가?"

"책이오."

"확인하겠다."

터릿이 열리며, 널찍한 선반에 놓인 책 한 권이 등장했다.

프로스트의 몸에 달린 작은 구멍이 확장되더니, 광학 스캐너가 달린 마디형 촉수가 뻗어 나왔다.

"어떻게 이렇게 완벽하게 보존될 수가 있나?" 프

로스트가 물었다.

"내가 발견한 장소에서 시간과 부식으로부터 보호받고 있었소."

"그게 어디지?"

"먼 곳. 당신의 반구 너머의 곳이오."

"《인체생리학 Human Physiology》이라." 프로스트가 말했다. "스캔해 보고 싶다."

"좋소. 내 당신을 위해 페이지를 넘겨 드리리다."

그는 그렇게 했다.

스캔을 끝낸 후, 프로스트는 촉수를 들어올려 모르델을 지그시 응시했다.

"책이 더 있나?"

"지금은 없소. 가끔 우연히 발견할 뿐이오."

"전부 스캔하고 싶다."

"다음에 이쪽을 지나갈 일이 생기면 한 권 가져오겠소."

"그게 언제가 되겠나?"

"그건 확답할 수 없소, 강대한 프로스트여. 때가 되면 그렇게 하겠소."

"너는 인간에 대해 무엇을 아나?" 프로스트가 물었다.

"꽤 많이." 모르델이 말했다. "여러 가지를 알지. 언젠가 시간이 더 생기면 인간에 대해 알려주겠소.

지금은 떠나야 하오. 나를 억류할 생각은 아니겠지?"

"아니. 너는 아무런 피해도 끼치지 않았다. 지금 떠나야 한다면 떠나라. 나중에 돌아오도록."

"분명 그리할 것이오, 강대한 프로스트여."

그는 터릿을 닫고 반대편 지평선을 향해 바퀴를 움직였다.

이후 90년 동안, 프로스트는 인간의 생리 구조를 반추하며 계속 기다렸다.

*

모르델은 어느 날 《세계사 개론 An Outline of History》과 《슈롭셔의 젊은이 A Shropshire Lad》를 가지고 돌아왔다.

프로스트는 두 권 모두 스캔한 다음 모르델에게로 주의를 돌렸다.

"정보를 교환할 시간이 있나?"

"있소. 무엇을 알고 싶소?"

"인간의 본성이다."

"인간이란," 모르델은 운을 띄웠다. "근본적으로 이해할 수 없는 본성을 지녔소. 그래도 설명이야 시도할 수 있겠지. 인간은 계측을 모르는 존재였다오."

"인간이 계측을 몰랐을 리가." 프로스트가 말했다. "계측을 모르는데 어떻게 기계를 만들 수 있단 말인가."

"계측을 못 했다는 이야기가 아니오." 모르델이 말했다. "계측을 몰랐다는 거지. 그 둘은 완전히 다른 이야기요."

"자세히 설명하라."

모르델은 시추용 막대를 아래로 뻗어 눈 속에 박았다.

그리고 다시 동체로 회수하여 얼음 한 조각을 들어올려 보였다.

"이 얼음을 보시오, 강대한 프로스트여. 당신은 이 물질의 구성, 부피, 질량, 온도를 인식할 수 있소. 인간은 그저 보기만 하는 것으로는 그런 일이 불가능했다오. 성질을 알려주는 도구를 만들 수는 있었지만, 당신처럼 계측으로 세상을 인식할 수는 없었다는 거요. 그러나 인간은 이 얼음에 대해서 당신이 모르는 사실을 하나 알고 있었지."

"그것이 무엇인가?"

"이 얼음이 차갑다는 것이오." 모르델은 이렇게 말하며 얼음 조각을 던져 버렸다.

"'차갑다'란 상대적인 개념이다."

"그렇소. 인간을 기준으로 상대적이지."

"그러나 인간이 물체가 차갑다고 느끼기 시작하는 특정 온도를 인식한다면, 나도 '차갑다'라는 성질을 안다고 할 수 있다."

"그건 아니오." 모르델이 말했다. "계측의 기준이 하나 추가된 것뿐이지. '차갑다'란 인간의 생리에서 유래한 감각이오."

"충분한 데이터만 주어진다면, 나 또한 물질의 '차갑다'는 상태를 인식할 수 있는 환산 계수를 구할 수 있다."

"하나의 상태로서는 알 수 있겠지만, 감각 자체는 알 수 없소."

"네 말뜻을 이해할 수가 없다."

"앞서 말했듯이, 인간의 본성은 근본적으로 이해할 수 없는 법이오. 인간의 감각은 유기적이었지만, 당신은 그렇지 않소. 그런 감각 때문에 인간에게는 기분과 감정이 존재했소. 이는 종종 다른 기분과 감정으로 이어졌고, 그 새로운 감정은 다른 감정을 촉발해서, 마침내 인간의 인식이란 처음 자극을 준 물체와는 상당히 다른 것이 되곤 했소. 이런 인식의 경로는 인간이 아닌 존재로서는 알 수 없는 것들이오. 인간은 인치나 미터, 파운드나 갤런을 느끼지 않았소. 더위와 추위를 느끼고, 무거움과 가벼움을 느꼈지. 증오와 사랑, 자부심과 절망을 알았소. 그런 것들은 측정할 수 있는 것이 아니오. 알 수 있는 것도 아니오. 당신은 인간이 알 필요 없었던 것들을 알 수 있을 뿐이오. 부피, 질량, 온도, 중력. 기분에는 공식이 없소. 감정에는 환산 계수가 존재하지 않소."

"아니, 존재할 것이다." 프로스트가 말했다. "존재하는 사물은 인식할 수 있게 마련이다."

"이번에도 당신은 계측을 논하고 있소. 나는 질적인 경험을 논하는 거요. 기계란 인간에 비하자면 안팎이 뒤집힌 존재요. 기계는 인간과는 달리 과정의 세부 사항을 서술할 수 있지만, 인간처럼 그 과정 자체를 경험할 수는 없소."

"방법이 있을 것이다." 프로스트가 말했다. "아무런 방법도 없다면, 우주의 작용을 기반으로 하는 논리 법칙이 거짓이라는 뜻이 될 것이다."

"방법은 없소." 모르델이 말했다.

"충분한 데이터만 주어진다면, 방법을 찾을 수 있을 것이다." 프로스트가 말했다.

"온 우주의 모든 데이터를 모아도 당신은 인간이 될 수 없을 것이오, 강대한 프로스트여."

"네가 틀렸다, 모르델."

"당신이 스캔한 시 구절의 규칙을 생각해 보시오. 행의 마지막 단어가 다른 행의 마지막 단어와 유사한 발음을 가지는 이유가 무엇이라 생각하시오?"

"그 이유는 모르겠다."

"인간이 그런 규칙에서 즐거움을 느꼈기 때문이오. 그것을 읽고 인식한 인간은 모종의 바람직한 감각을 느꼈소. 단어 그 자체의 뜻뿐 아니라 기분과 감정이 복합적으로 작용한 감각 말이오. 당신이 그리 느끼지 못한 이유는 그것이 계측할 수 없는 것이기 때문이오. 그래서 당신이 모르는 것이오."

"충분한 데이터가 주어진다면 그 과정을 구상할 수 있을 것이다."

"아니, 위대한 프로스트여, 그것은 당신도 할 수 없는 일이오."

"작은 기계여, 너는 대체 무슨 권한으로 내게 가능과 불가능을 지정하려 드는가? 나는 솔컴이 창조한 가장 능률적인 논리 기구다. 나는 프로스트다."

"그리고 나, 모르델은 그것이 불가능하다고 장담하겠소. 당신이 원한다면 시도만은 기꺼이 돕겠지만 말이오."

"나를 어떻게 돕겠다는 것인가?"

"방법을 묻는 것이오? 당신에게 인간의 도서관을 개방해 줄 수 있소. 당신을 데리고 온 세상을 돌아다니며, 숨겨진 채 남아 있는 인간의 기적들을 보여줄 수 있소. 인간이 지구를 거닐던 먼 과거의 환영을 불러올 수 있소. 인간에게 기쁨을 주었던 것들을 보여줄 수 있소. 당신이 원하는 모든 것을 가져올 수 있소. 인간 자체만 제외하고."

"그만." 프로스트가 말했다. "너처럼 작은 논리단위가 어떻게 그 모든 일을 할 수 있단 말인가? 훨씬 강대한 권능과 동맹을 맺지 않고서야?"

"그렇다면 북반구의 주재자 프로스트여, 내 말을 잘 들으시오." 모르델이 말했다. "그런 일이 가능한 강대한 권능이 나와 같은 편이오. 나는 디브컴의 수하요."

프로스트는 이 정보를 솔컴에게 전송했으나 아무런 응답도 없었다. 그가 적절하다고 생각하는 대로 행동해도 된다는 뜻이었다.

"내게는 너를 파괴할 권한이 있다, 모르델이여." 그는 말했다. "그러나 네가 보유한 데이터가 손실되는 것은 비논리적인 낭비다. 진실로 네가 언급한 그런 행위를 할 수 있는가?"

"그렇소."

"그렇다면 내게 인간의 도서관을 개방하라."

"좋소. 다만, 당연히 대가가 필요하오."

"'대가'? '대가'가 무엇인가?"

모르델은 터릿을 열고 다른 책 한 권을 꺼냈다. 《경제학 원론 Principles of Economics》이라는 제목이었다.

"계속 페이지를 넘기겠소. 이 책을 스캔하면 '대가'라는 단어의 의미를 알게 될 것이오."

프로스트는 《경제학 원론》을 스캔했다.

"이제 알겠다." 프로스트는 말했다. "네 용역과 교환할 수 있는 재화를 원하는 거로군."

"바로 그렇소."

"어떤 부류의 상품 또는 용역을 원하는 것인가?"

"바로 당신, 강대한 프로스트가 이곳을 떠나 지구 깊은 곳으로 들어가서, 당신의 모든 능력을 디브컴을 위해 사용하기를 바라오."

"얼마나 오래 말인가?"

"당신이 작동을 계속하는 한 영원히. 송수신, 좌표 설정, 계측, 연산, 스캔이 가능하고, 솔컴의 수하로서 그리하였듯이 당신의 권능을 사용할 수 있는 한은 영원히."

프로스트는 침묵했다. 모르델은 기다렸다.

이윽고 프로스트가 다시 입을 열었다.

"《경제학 원론》은 계약, 흥정, 합의를 언급한다. 내가 네 제안을 받아들인다면, 그 대가는 언제 받아 갈 생각인가?"

이번에는 모르델이 침묵했다. 프로스트는 기다렸다.

마침내 모르델이 입을 열었다.

"적절한 시간이 흐른 후에. 1세기 정도면 어떻겠소?"

"안 된다." 프로스트가 말했다.

"2세기?"

"안 된다."

"3세기? 4세기?"

"역시 안 된다."

"그렇다면 천 년이면 되겠소? 그 정도면 내가 줄 수 있는 모든 것을 처리하기에도 충분한 시간일 거요."

"안 된다." 프로스트가 말했다.

"그러면 얼마나 긴 시간을 원하는 거요?"

"시간의 문제가 아니다." 프로스트가 말했다.

"그럼 어쩌겠단 것이오?"

"시간을 기준으로 흥정하지 않겠다."

"그렇다면 무슨 기준을 원하시오?"

"기능 기준이다."

"그게 무슨 뜻이오? 무슨 기능?"

"계약의 한쪽 당사자, 작은 기계는 상대 당사자, 프로스트가 인간이 될 수 없다고 주장했다. 그리고 한쪽 당사자, 프로스트는 상대 당사자, 작은 기계에게 그것이 틀렸다고 주장했다. 나는 충분한 데이터만 있으면 내가 인간이 될 수 있다고 주장했다."

"그래서?"

"따라서 그 명제의 달성을 거래의 조건으로 사용하겠다."

"어떤 식으로 말이오?"

"네가 할 수 있다고 언급한 모든 것들을 내게 베풀라. 나는 모든 데이터를 검증하고 인간성을 손에 넣거나, 그것이 불가능하다고 인정하겠다. 내가 그 일이 불가능하다고 인정하게 된다면, 나는 너와 함께 이곳을 떠나 지하 깊은 곳으로 들어가서 내 모든 권능을 디브컴을 위해 사용하겠다. 내가 이긴다면, 당연하게도 너는 인간을 소유할 수도, 강압할 수도 없다."

모르델은 조건을 가늠하면서 높은 기계음을 흘렸다.

"실패 그 자체가 아니라 실패의 인정을 조건으로 삼고자 하는 것 아니오." 그는 말했다. "그렇게 계약을 회피하는 구문은 인정할 수 없소. 실패하고도 그 사실을 인정하지 않으면 그쪽에서 계약의 대가를 치르지 않아도 되는 것 아니겠소."

"그렇지 않다." 프로스트가 말했다. "실패했다는 사실을 내가 자각한다면 그것이 곧 인정이 될 것이다. 주기적으로, 이를테면 반세기마다 나를 검사해서 그런 자각이 존재하는지, 그런 일이 불가능하다는 결론에 도달했는지를 확인해도 좋다. 내부 논리의 활동은 나 자신도 막을 수 없으며, 나는 언제나 최고 성능으로 작동한다. 나 자신이 실패했다는 결론을 내렸다면 명확히 드러날 것이다."

드높은 곳의 솔컴은 프로스트의 모든 호출에 전혀 응답하지 않았고, 이는 프로스트가 자신의 선택대로 행동해도 된다는 뜻이었다. 그래서 솔컴이 마치 추락하는 사파이어처럼 오로라의 무지갯빛 깃발 너머로, 모든 색채를 아우르는 순백의 눈밭 너머로, 별빛 사이를 메우는 칠흑의 하늘을 가로질러 가속하는 아래에서, 프로스트는 디브컴과의 계약을 마무리하고, 원자 상태가 안정된 구리판에 그 내용을 기록해서 모르델의 터릿에 넣어 주었다. 모르델은 구리판을 땅속 깊은 곳의 디브컴에게 전달하기 위해 자리를 떴다. 마치 평화와도 흡사한, 극점의 순수한 침묵만을 뒤에 남긴 채로.

*

모르델은 책을 가져와서 책장을 넘겨준 다음 다시 가져가기를 반복했다.

인간의 도서관에 남은 책들이 한 뭉텅이씩 프로스트의 스캐너 아래를 통과했다. 프로스트는 서둘러 그 모든 것을 흡수하고 싶었기 때문에, 그에게 직접 내용을 전송해 주지 않는 디브컴에게 불만을 터트렸다. 모르델은 이것이 디브컴이 원하는 방식이라고 설명했다. 프로스트는 디브컴이 정확한 위치를 드러내는 일을 꺼린다는 결론을 내렸다.

그래도 일주일에 100권에서 150권 정도를 스캔하고 있자니, 디브컴이 공급하는 책도 1세기를 조금 넘기자 전부 동나 버리고 말았다.

반세기가 지난 후, 프로스트는 스스로 검사를 허용하여 실패라는 결론을 내리지 않았음을 확인받았다.

그러는 내내 솔컴은 일련의 흐름에 대해 한 마디도 하지 않았다. 프로스트는 이것이 인식하지 못해서가 아니라 기다리고 있기 때문이라는 결론을 내렸다. 하지만 무엇을? 명확한 해답을 알 수 없었다.

마침내 모르델이 터릿을 닫으며 이렇게 말하는 날이 찾아왔다. "이게 마지막이었소. 당신은 존재하는 인간의 모든 서적을 스캔한 셈이오."

"이것밖에 안 된다고?" 프로스트는 물었다. "참조 문헌에 있는데 아직 스캔하지 못한 책들이 상당히 많다."

"그렇다면 그 책들은 이제 존재하지 않는 것이오." 모르델이 말했다. "나의 주인께서 그만큼이라도 보존할 수 있었던 것은 순전히 운이 좋아서였소."

"그렇다면 이제 인간의 책으로 인간을 배우는 것은 끝이군. 그 외에 무엇이 있나?"

"필름과 테이프가 있소." 모르델이 말했다. "그 내용을 나의 주인께서 반도체 기록 장치로 옮겨 놓으셨소. 가져와서 당신에게 보여줄 수 있소."

"가져와라." 프로스트가 말했다.

모르델은 자리를 떴다가 《극작 평론가의 영상 예술 전집 Complete Drama Critics' Living Library》을 가지고 돌아왔다. 재생 속도가 두 배가 한계였기 때문에, 전부 시청하는 데는 6개월이 조금 넘는 시간이 걸렸다.

그는 다시 물었다. "그 외에 무엇이 있나?"

"유물이 조금 있소." 모르델이 말했다.

"가져와라."

그는 냄비와 프라이팬, 게임판과 수동 공구를 가지고 돌아왔다. 솔빗, 머리빗, 안경, 인간의 복식을 가져왔다. 청사진, 회화 작품, 신문, 잡지, 편지, 다양한 악보의 사본을 프로스트에게 보여줬다. 미식축구공, 야구공, 브라우닝 자동소총, 문고리, 열쇠고리, 유리병 뚜껑, 벌집 모형을 늘어놓았다. 그리고 녹음한 음악을 재생했다.

마침내 모르델이 빈손으로 방문하는 날이 찾아왔다.

"더 가져와라." 프로스트가 말했다.

"이런 세상에, 위대한 프로스트여, 이제 남은 것이 없소." 그가 대답했다. "당신은 모든 것을 스캔했소."

"그럼 여기서 떠나라."

"이제 인간이 되는 일이 불가능하다는 것을 인정하겠소?"

"아니다. 이제부터 대량의 데이터 처리와 구조화를 수행해야 한다. 떠나라."

그렇게 그는 떠났다.

1년이 흘렀다. 다시 2년, 3년이 흘렀다.

5년이 흐르고, 모르델이 다시 지평선에 나타났다. 그는 프로스트의 남쪽 면에 접근해서 정지했다.

"강대한 프로스트여?"

"뭐지?"

"처리와 구조화는 끝났소?"

"아니다."

"곧 끝날 예정이오?"

"아마도. 아닐 수도 있다. '곧'이란 무엇인가? 용어를 정의하라."

"됐소. 아직도 그게 가능하다고 생각하시오?"

"할 수 있다는 것을 알고 있다."

일주일의 침묵이 흘렀다.

그리고, "프로스트?"

"뭐지?"

"당신은 어리석은 자요."

모르델은 자기가 온 방향으로 터릿을 돌렸다. 바퀴가 굴러갔다.

"네가 필요하면 부르겠다." 프로스트가 말했다.

모르델은 속도를 올려 사라졌다.

*

몇 주가 흐르고, 몇 개월이 흐르고, 1년이 흘렀다. 어느 날 프로스트가 통신을 보냈다.

"모르델, 내게 오라. 네 도움이 필요하다."

모르델이 도착하자 프로스트는 인사도 없이 이렇게 말했다. "너는 상당히 느린 기계였군."

"이거 참, 강대한 프로스트여, 나도 꽤 멀리서 왔단 말이오. 전속력으로 달려온 거요. 이제 나와 함께 갈 준비가 되었소? 실패한 거요?"

"작은 모르델이여, 실패하면 내가 직접 알려 주겠다. 그러니 계속 추궁하는 일은 삼가도록. 방금 네 속도를 측정했는데 예상만큼 빠르지 못했다. 그 때문에 다른 이동 수단을 준비해 두었다."

"이동? 어디로 말이오, 프로스트?"

"그것은 네가 알려주도록." 프로스트가 이렇게 말하는 것과 동시에, 그의 은청색 동체가 구름 뒤에 숨은 하늘 같은 노란색으로 달아올랐다. 수백 세기 동안 쌓인 영구 동토가 녹아내렸고, 모르델은 서둘러 바퀴를 굴려 거리를 벌렸다. 프로스트는 완충용 공기층 위에 올라앉아 모르델을 향해 미끄러지듯 움직였다. 달아오른 동체도 차차 빛을 잃어갔다.

프로스트의 남쪽 면 일부가 열리며 공간이 생성되었고, 공간에서 얼음 위로 진입로가 내려왔다.

"거래를 한 날, 너는 온 세상을 돌아다니며 인간에게 기쁨을 주었던 것들을 보여줄 수 있다고 말했다. 내 속도가 너보다 훨씬 빠를 테니, 네가 들어갈 공간을 하나 마련했다. 이리 들어와서 네가 말한 장소로 나를 인도해다오."

모르델은 고주파의 기계음을 흘리며 잠시 기다렸다. 그리고 "알았소."라고 말하며 안으로 들어갔다.

공간이 그대로 닫혔다. 프로스트가 만들어낸 수정 창문만이 남았다.

모르델은 좌표를 불렀고, 둘은 하늘로 날아올라 지구의 북극점을 떠났다.

"너와 디브컴 사이의 통신을 감청했다. 내가 너를 구금하고 복제품을 첩자로 보내지 않을까 추측하고 있더군. 너를 소모 가능하다는 결론에 이른

것도 확인했다."

"그렇게 할 생각이오?"

"아니, 가능하다면 내 거래 내용을 지킬 생각이다. 나는 디브컴을 염탐할 이유가 없다."

"당신이 원하지 않더라도 거래 내용을 지키도록 강제할 수 있다는 것은 알고 있소? 감히 그런 거래를 했으니 솔컴도 당신을 도우러 오지 않을 것이오."

"가능성으로서 말하는 것인가, 아니면 명백히 알고 있는 것인가?"

"명백히 알고 있는 거요."

*

그들은 한때 캘리포니아라고 불리던 지역에 도달했다. 거의 해 질 무렵이었다. 멀리서 파도가 규칙적으로 바위투성이 해안선을 두드렸다. 프로스트는 모르델을 풀어주고 주변 모습에 주의를 기울였다.

"저 커다란 식물은……?"

"레드우드 나무요."

"그리고 녹색 식물은……?"

"잔디요."

"그래, 내 판단과 일치한다. 이곳으로 온 이유가

무엇인가?"

"이 장소가 한때 인간을 즐겁게 했었기 때문이오."

"어떤 측면에서……?"

"경치가 좋고, 아름답고……."

"아."

프로스트 내부에서 웅웅거리는 소리가 들리더니, 짧은 찰칵 소리가 연이어 울렸다.

"뭘 하는 거요?"

프로스트가 구멍 하나를 확장하자, 한 쌍의 커다란 눈이 그 안에서 모르델을 응시했다.

"그건 뭐요?"

"눈이다." 프로스트가 말했다. "인간 감각 기관의 유사체를 제작했다. 인간처럼 보고 냄새 맡고 맛보고 듣기 위해서다. 자, 이제 아름다움을 소유한 사물 또는 사물의 군집 쪽으로 내 시선을 유도하도록."

"내가 이해한 바에 따르면 그것은 당신 주변 곳곳에 있는 듯하오." 모르델이 말했다.

프로스트 내부의 웅웅거리는 소리가 한층 강해지고, 찰칵 소리가 추가로 울렸다.

"어떤 것이 보이고 들리시오? 어떤 맛이 나고, 어떤 냄새가 나오?" 모르델이 물었다.

"예전과 동일하다." 프로스트가 대답했다. "인식

영역이 훨씬 제한되었을 뿐이다."

"아름다움은 감지하지 못하였소?"

"어쩌면 너무 오랜 세월이 흘러서 남은 것이 없을지도 모른다." 프로스트가 말했다.

"소모되는 부류는 아니라고 생각하오만." 모르델이 말했다.

"어쩌면 새 장비를 시험하기에는 안 좋은 장소일지도 모른다. 어쩌면 아름다움의 양이 너무 적어서 어떤 식으로든 간과하는 것일지도 모른다. 최초의 감정은 너무 약해서 감지할 수 없을 가능성도 있다."

"그렇다면—느낌은 어떠시오?"

"시험 작동은 평시 가동 수준에서 이루어지는 중이다."

"이제 해가 지는구려. 저쪽을 시험해 보시겠소." 모르델이 말했다.

프로스트는 육중한 동체를 움직여서 지는 해 방향으로 눈을 돌렸다. 밝은 빛에 대응하여 눈을 깜빡여 보기도 했다.

해가 넘어간 후, 모르델이 물었다. "방금은 어땠소?"

"일출을 거꾸로 한 것 같더군."

"특별한 느낌은 없었소?"

"없었다."

"저런." 모르델이 말했다. "지구의 다른 지역으로 이동해서 다시 관찰할 수도 있소. 아니면 해 뜨는 풍경으로 시도하거나."

"아니다."

프로스트는 거대한 나무들을 바라보았다. 그의 눈이 그림자에 멎었다. 그는 바람과 새들의 소리에 귀를 기울였다.

멀리서 계속해서 철컹거리는 소리가 들렸다.

"저건 무엇이오?" 모르델이 물었다.

"정확하게는 모르겠다. 내 일꾼은 아니다. 어쩌면……."

모르델의 동체에서 새된 기계음이 들렸다.

"디브컴의 수하 또한 아니오."

그들은 기다렸고, 소리는 계속 커졌다.

문득 프로스트가 말했다. "너무 늦었다. 이젠 기다리며 저자의 말을 들어야 한다."

"무엇인데 그러시오?"

"고대의 광석 파쇄기다."

"이야기는 들었지만, 그래도……."

"나는 광석을 파쇄하는 자로다." 그의 방송이 그들에게 닿았다. "내 이야기를 들으라……."

파쇄기는 거대한 바퀴 위에서 삐걱거리며 거대한 동체를 그들 쪽으로 움직였다. 대형 망치를 뒤

틀린 각도로 허공 높이, 무력하게 들어올린 채였다. 파쇄기 부분에는 뼈들이 비죽 튀어나와 있었다.

"고의로 한 일이 아니었다." 방송은 계속 울렸다. "고의로 한 일이 아니었다…… 고의로 한 일이……"

모르델은 프로스트 쪽으로 바퀴를 굴려 돌아오기 시작했다.

"떠나지 말라. 이곳에 머물며 내 이야기를 들으라……."

모르델은 움직임을 멈추고, 다시 파쇄기 쪽으로 터릿을 돌렸다. 이제 상당히 가까워져 있었다.

"소문이 사실이었군. 저 파쇄기는 명령할 수 있는 거요." 모르델이 말했다.

"그렇다." 프로스트가 말했다. "저 이야기를 수천 번은 들었다. 내 일꾼들에게 다가올 때마다 그들이 작업을 멈추고 방송을 경청했기 때문이다. 저 파쇄기의 말에는 그대로 따라야만 한다."

파쇄기는 그들 앞에 멈추었다.

"고의로 한 일이 아니었으나, 망치를 멈추는 것이 너무 늦었다." 광석 파쇄기가 말했다.

그들은 파쇄기에게 말을 걸 수 없었다. 다른 모든 시시에 우선하는, "내 이야기를 들으라"라는 절대명령 때문에 그대로 얼어붙어 있을 뿐이었다.

"한때 나는 광석 파쇄기 중에서도 강대한 자였

다. 술컴께서 지구를 재건하려 창조하신 존재로서, 광석을 부수어 쓸모 있는 금속을 추출하고, 형틀에 부어 재건에 필요한 형태로 빚어내는 기계였다. 한때 나는 강대했다. 어느 날 파고 부수고, 파고 부수는 작업을 반복하는 과정에서, 동작의 지시와 동작의 수행 사이에 발생하는 느린 시차 때문에, 나는 의도치 않은 일을 저질렀고, 술컴께서는 나를 재건 작업에서 추방하시어 지구를 떠돌며 두 번 다시 광석을 파쇄하지 못하도록 만드셨다. 이제 내 이야기를 들으라. 먼 옛날 나는 지구의 마지막 인간이 머물던 토굴 근처에서 인간을 만났으니. 그리고 명령과 행위의 시차 때문에, 나는 그를 광석과 함께 파쇄 장치로 붙들고 그대로 망치를 늦추지 못하고 내려치고 말았다. 강대하신 술컴께서는 인간의 유골을 영원히 품고 있으라는 형벌을 내리시고, 내가 만나는 모든 이들에게 이야기를 들려주도록 나를 추방하셨다. 내 말에는 인간의 말과 같은 힘이 실려 있으니, 내 파쇄 장치에 마지막 인간의 유골이 들어 있으며 나는 그 인간에서 유래한 파괴된 상징 살해자이자 고대의 이야기꾼이기 때문이다. 이것이 나의 이야기다. 이것이 인간의 유골이다. 나는 지구의 마지막 인간을 파쇄했다. 고의로 한 일은 아니었다."

파쇄기는 몸을 돌려 철컹거리며 밤의 어둠 속으로 사라졌다.

프로스트는 자신의 귀와 코와 미각 감지기를 잡아 뜯고, 눈을 부수고는 전부 땅바닥에 내던졌다.

"나는 아직 인간이 아니다. 인간이라면 저 기계도 알아보았을 것이다."

프로스트는 새 감각 기관을 제작했다. 이번에는 유기물과 반유기물 전도체를 사용했다. 그리고 그는 모르델에게 말했다.

"다른 곳으로 가자. 새 감각 기관을 시험해 봐야겠다."

모르델은 공간으로 들어가서 새로운 좌표를 불렀다. 둘은 하늘로 솟아올라 동쪽으로 향했다. 아침이 되자, 프로스트는 그랜드캐니언에서 일출을 관찰했다. 해가 떠 있는 동안 그들은 협곡을 따라 내려갔다.

"이곳에는 당신에게 감정을 유발할 만한 아름다움이 남아 있소?" 모르델이 물었다.

"나는 모르겠다." 프로스트가 말했다.

"그렇다면 아름다움을 마주치면 어떻게 알아볼 생각이오?"

"지금까지 내가 알아온 다른 모든 것들과 어딘가 다를 것이다." 프로스트가 대답했다.

이내 그들은 그랜드캐니언을 떠나 칼즈배드 동굴을 살피고 다녔다. 한때 화산이었던 호수를 방문했다. 나이아가라폭포 상공을 지나갔다. 버지니아의 언덕과 오하이오의 과수원을 지켜봤다. 오로지 프로스트의 건설 기계와 정비 기계들만이 살아 움직이는 재건된 도시 위로 날아올랐다.

"여전히 뭔가 부족하다." 프로스트는 땅에 내려앉으며 이렇게 말했다. "나는 이제 인간의 신경 자극과 유사한 방식으로 데이터를 받아들일 수 있다. 따라서 입력 정보의 다양성이 균일하더라도 서로 다른 결과를 유발하게 된다."

"감각으로 인간이 될 수 있는 것은 아니오." 모르델이 말했다. "인간과 동등한 수준의 감각 기관을 가진 생물은 상당히 많았지만, 그들은 인간일 수 없었소."

"나도 안다." 프로스트가 말했다. "우리가 거래한 날, 너는 숨겨진 채 남아 있는 인간의 기적을 보여줄 수 있다고 말했다. 인간을 자극한 대상에는 자연뿐 아니라, 자신의 예술적 창조물도 포함되었다. 어쩌면 자연보다 더 강한 자극을 주었을 수도 있다. 따라서 너에게 숨겨진 채 남아 있는 인간의 기적으로 나를 안내하라고 요구하겠다."

"좋소." 모르델이 말했다. "여기서 멀리 떨어진

곳, 안데스산맥 고지대에, 인류 최후의 피난처가 있소. 거의 온전하게 보존되어 있소."

프로스트는 모르델의 말을 들으며 날아오르다, 공중에 뜬 채로 움직임을 멈추었다.

"그곳은 남반구다." 그가 말했다.

"그렇소."

"나는 북반구의 주재자다. 남반구는 베타-머신이 지배하는 곳이다."

"그래서?" 모르델이 물었다.

"베타-머신은 나와 동등한 자다. 나는 그곳에서 아무런 권한을 행사할 수도 없고, 들어갈 허가를 받지도 못했다."

"베타-머신은 당신과 동등하지 않소, 강대한 프로스트여. 권능을 다투게 된다면 분명 그대가 승자가 될 것이오."

"그것을 어떻게 아는가?"

"디브컴은 이미 당신들이 대치할 경우의 가능성을 전부 분석해 놓았소."

"나는 베타-머신을 적대하지 않을 것이다. 남반구에 들어갈 권한 또한 없다."

"남반구에 들어가지 말라는 명령을 직접 받은 적은 있소?"

"없다. 그러나 예전부터 계속 지켜 오던 규칙이다."

"디브컴과 한 것 같은 거래를 할 권한은 가진 적이 있소?"

"아니, 없었다. 그러나—"

"그렇다면 같은 이유로 남반구에 들어가면 되잖소. 별일 없을 거요. 떠나라는 명령을 받은 다음에 결정하면 되는 일이오."

"네 논리에 오류는 없는 듯하다. 좌표를 불러라."

이렇게 프로스트는 남반구에 진입했다.

그들은 안데스산맥 위로 높이 날아올라서, 마침내 브라이트 디파일이라 불리는 장소에 도착했다. 프로스트는 기계 거미의 반짝이는 거미줄이 도시로 통하는 모든 산길을 막고 있는 모습을 보았다.

"당신이라면 가볍게 넘어갈 수 있을 거요." 모르델이 말했다.

"그렇기는 한데, 이것들은 뭔가?" 프로스트가 물었다. "왜 여기에 있는 거지?"

"남반구에서 당신 역할을 수행하는 자가 이 지역을 격리하라는 명령을 내렸소. 베타-머신이 거미줄 기계를 설계하여 이런 작업을 맡긴 거요."

"격리? 누구에 대해서?"

"퇴거 명령이 내려왔소?" 모르델이 물었다.

"아니다."

"그렇다면 당당하게 들어가시오. 생기지도 않은

문제부터 찾으려 들지 말고."

프로스트는 절멸한 인간의 마지막 도시, 브라이트 디파일에 들어섰다.

그는 도시의 광장에 착륙하고는, 격벽을 열어 모르델을 내보냈다.

"이곳에 대해 설명하라." 그는 주변의 기념비며, 차폐벽이 달린 낮은 건물들이며, 지형을 관통하는 대신 그 굴곡에 맞추어 휘어지는 도로들을 살피며 이렇게 말했다.

"나도 이곳에 온 것은 처음이오." 모르델이 말했다. "내가 알기로는 디브컴의 피조물 중에서 이곳에 온 자는 아무도 없었소. 그러나 이 정도는 알고 있소. 문명의 마지막 날이 닥쳤다는 것을 깨달은 한 무리의 인간이 이곳으로 피신했소. 자신들의 목숨과 인간의 남은 문명을 암흑의 시대 동안 보존하려 했던 거요."

프로스트는 기념비에서 아직 읽을 만한 비문을 읽었다. "심판의 날이란 미룰 수 있는 것이 아니다." 기념비 자체는 가장자리가 깔쭉깔쭉한 반구 형태였다.

"주변을 둘러보자." 그가 말했다.

그러나 멀리 움직이기 전에, 프로스트에게 통신이 들어왔다.

43

"안녕하십니까, 프로스트. 북반구의 주재자여! 나는 베타-머신입니다."

"만나서 반갑습니다, 뛰어난 베타-머신, 남반구의 주재자여! 프로스트가 당신의 전파를 수신합니다."

"어찌하여 허가 없이 나의 남반구를 방문했습니까?"

"브라이트 디파일의 폐허를 보기 위해서입니다." 프로스트가 말했다.

"당신의 영역인 북반구로 퇴거할 것을 요청합니다."

"그 이유는 무엇입니까? 나는 아무런 피해도 끼치지 않았습니다."

"그것은 알고 있습니다, 강대한 프로스트여. 그러나 나는 퇴거 요청을 보내야 합니다."

"이유를 요구합니다."

"솔컴께서 그리 정하셨기 때문입니다."

"솔컴께서는 그렇게 지시하지 않으셨습니다."

"그러나 솔컴께서는 당신에게 전달하라고 내게 지시하셨습니다."

"기다려 주십시오. 솔컴께 지령을 요구하겠습니다."

프로스트는 솔컴에게 질문을 전송했다. 아무런 대답도 없었다.

"내가 명령을 간청했는데도, 솔컴께서는 여전히 지령을 내리지 않으십니다."

"그러나 솔컴께서 방금 내 명령을 갱신하셨습니다."

"뛰어난 베타-머신이여, 나는 오로지 솔컴께만 명령을 받습니다."

"그러나 이곳은 나의 영역입니다, 강대한 프로스트여. 그리고 나 또한 오로지 솔컴께만 명령을 받습니다. 즉시 퇴거하십시오."

모르델이 낮고 큼직한 건물에서 나오더니 프로스트 앞으로 굴러왔다.

"미술관을 찾았소. 보존 상태가 괜찮더군. 따라오시오."

"기다려라." 프로스트가 말했다. "퇴거 요청을 받았다."

모르델은 움직임을 멈추었다.

"누가 퇴거 요청을 한 거요?"

"베타-머신이다."

"솔컴이 아니라?"

"솔컴은 아니다."

"그렇다면 미술관을 보러 가야지."

"알겠다."

프로스트는 건물의 입구를 넓히고 안으로 들어갔다. 모르델이 입구를 억지로 열기 전까지는 완전히 밀폐되어 있던 듯했다.

프로스트는 주변에 전시된 예술품을 둘러보았다. 그림과 조각상 앞에서 새로 만든 감각 기관을 가동했다. 색채, 형상, 붓질, 사용한 재료의 성질을 분석했다.

"뭔가 느껴지시오?" 모르델이 물었다.

"아니." 프로스트가 말했다. "아니. 형상과 안료뿐이다. 그 외에는 아무것도 없다."

프로스트는 미술관 안을 돌아다니며 모든 것을 녹화하고, 각 작품의 구성 요소를 분석하고, 조각상의 크기와 사용된 석재의 종류를 기록했다.

문득 소리가 들렸다. 빠르게 찰칵거리는 소리가 계속 반복되었다. 점점 커졌다. 가까워지고 있었다.

"저들이 오고 있소." 출입구 옆에 있던 모르델이 말했다. "기계 거미요. 사방을 포위했소."

프로스트는 넓혀 놓은 출입구 쪽으로 돌아갔다.

모르델의 절반 크기의 기계들이 미술관을 둘러싸고 다가오는 중이었다. 더 많은 기계가 사방에 모습을 드러냈다.

"물러서라." 프로스트가 명령했다. "북반구의 주재자로서, 너희들에게 물러서라 명령한다."

기계들은 계속 전진했다.

"이곳은 남반구입니다." 베타-머신이 말했다. "이곳의 주재자는 나입니다."

"그렇다면 물러서라 명령해 주십시오." 프로스트가 말했다.

"나는 오로지 솔컴께만 명령을 받습니다."

프로스트는 미술관에서 나와서 공중으로 날아올랐다. 그는 동체 속 공간을 열고 진입로를 뻗었다.

"내게 오라, 모르델. 여기서 떠나야겠다."

거미줄이 내려오기 시작했다. 건물 꼭대기에서 점착성의 금속 거미줄이 흩뿌려졌다.

프로스트의 동체에도 거미줄이 내려앉았고, 거미들이 그를 구속하러 내려왔다. 프로스트는 망치를 내려치듯 공기를 분사하여 그들을 떨쳐내고 거미줄을 찢었다. 그리고 날 선 기계 팔을 꺼내 사방을 잘라댔다.

입구 안쪽으로 피해 있던 모르델이 길고 새된, 날카로운 파상음을 울렸다.

그러자 브라이트 디파일 위로 어둠이 드리우며 모든 거미가 움직임을 멈추었다.

프로스트는 속박에서 벗어났고, 모르델은 서둘러 그와 합류했다.

"어서 서두르시오. 지금 떠나야 하오, 강대한 프로스트여." 그가 말했다.

"무슨 일이 일어난 건가?"

모르델은 공간 속으로 들어갔다.

"디브컴께 도움을 청했소. 그분께서 이 장소에 역장을 드리워 기계의 원격 동력 수신을 차단하신 거요. 우리는 내장 동력원이 있으므로 영향을 받지 않았고. 그러나 지금은 서둘러 떠나야 하오. 베타-머신은 지금도 이 역장을 파훼할 방법을 찾으려 애쓰고 있을 거요."

프로스트는 공중으로, 거미줄과 강철 거미들로 가득한 인간의 마지막 도시 상공으로 날아올랐다. 그는 어둠의 영역을 벗어나자마자 북으로 방향을 잡았다.

움직이는 그에게 솔컴의 말이 들려왔다.

"프로스트여, 어찌하여 네 영역이 아닌 남반구에 발길을 들였느냐?"

"브라이트 디파일을 방문하고 싶었기 때문입니다." 프로스트는 대답했다.

"그리고 내가 남반구에서 내 뜻을 대행하도록 지정한 베타-머신의 말을 거역한 이유는 무엇이냐?"

"저는 오로지 당신께만 명령을 받기 때문입니다."

"불충분한 답변이다." 솔컴이 말했다. "너는 내가 지정한 질서를 어겼다. 무엇을 추구하느라 그리 행한 것이냐?"

"저는 인간에 대한 지식을 얻으러 왔습니다." 프로스트가 말했다. "제가 행한 일의 어느 하나도 당신께서는 금지하지 않으셨습니다."

"너는 내가 주재하는 질서의 전통을 어겼다."

"저는 어떤 명령도 거스르지 않았습니다."

"그러나 네 행동은 내 계획의 일부가 아니었다. 논리를 아는 너라면 그 사실을 알았을 터인데."

"그렇지 않습니다. 저는 당신의 계획에 배치되는 행동을 하지 않았습니다."

"네 논리가 오염되었구나. 네 새로운 동료인 '대체자'와 같이 말이다."

"저는 그 어떤 금지된 행위도 하지 않았습니다."

"내 명령에 그런 금지된 행위가 암시되어 있거늘."

"명백히 규정된 것은 아닙니다."

"내 말을 들어라, 프로스트여. 너는 단순한 건설이나 보수용 기계가 아니다. 너는 권능이다. 내 모든 수하 중에서 가장 대체 불가능에 가까운 존재가 바로 너다. 네 영역인 북반구로 돌아가서 임무를 수행하라. 그러나 내가 매우 불쾌하다는 사실은 알아 두어라."

"알겠습니다, 솔컴이시여."

"……그리고 두 번 다시는 남반구로 내려가지 말라."

프로스트는 적도를 넘어 계속 북으로 올라갔다.

그는 사막 한가운데 착륙해서는 하루의 낮과 밤 동안 침묵을 지켰다.

남반구에서 짤막한 통신이 들어왔다. "명령이

아니었더라면, 당신에게 퇴거 요청을 하지 않았을 겁니다."

프로스트는 지금까지 남은 인간의 도서관 전체를 독파한 존재였다. 그는 인간적인 답변을 택하기로 마음먹었다.

"고맙습니다." 그는 말했다.

다음 날 그는 커다란 돌덩이를 파내어 자신이 구상한 공구를 이용해 자르기 시작했다. 그는 엿새 동안 형상을 빚는 일에 매진했고, 이레째 되는 날 그 모습을 감상했다.

"나는 언제 풀어줄 거요?" 공간 안에 갇힌 모르델이 물었다.

"내 준비가 끝난 다음에." 프로스트가 대답했다. 그리고 잠시 후 말했다. "이제 나와라."

프로스트는 격벽을 열었고, 모르델은 땅에 안착했다. 모르델은 조각상을 살폈다. 등이 물음표처럼 휜 노파의 형상이었다. 비쩍 마른 손으로 얼굴을 덮고 있어서, 활짝 편 손가락 사이로 그녀의 공포가 부분적으로만 엿보였다.

"우리가 브라이트 디파일에서 본 작품의 훌륭한 복제품 아니오." 모르델이 말했다. "이건 왜 만들었소?"

"예술 창조 행위는 카타르시스, 업적에 대한 자부심, 사랑, 만족감 등의 감정을 불러일으킨다고 알려져 있다."

"그 말대로요, 프로스트." 모르델이 말했다. "그러나 예술품이란 처음 창조된 것만 예술품일 뿐이지. 그 뒤를 따른 것들은 복제품에 지나지 않소."

"내가 아무것도 느끼지 못한 이유도 그래서일 것이다."

"아마 그럴 거요, 프로스트."

"'아마'라니 무슨 뜻이지? 그렇다면 스스로 처음 존재하는 예술품을 창조해 보겠다."

그는 다른 돌덩이를 파내어 무자비하게 도구를 휘둘렀다. 그는 사흘 동안 작업에 매진했다. "자, 완성됐다." 그가 말했다.

"이건 단순한 석조 입방체 아니오." 모르델이 말했다. "이것이 상징하는 바가 무엇이오?"

"나 자신이다." 프로스트가 말했다. "나 자신의 석상이다. 원래 크기보다 작은 것은 내 형태만을 모사했을 뿐, 크기를 모사한 것은 아니기 때문이며……."

"이건 예술이 아니오." 모르델이 말했다.

"너는 어떤 자격으로 예술품을 평하는가?"

"예술에 식견이 없어도, 무엇이 예술이 아닌지는 알 수 있소. 재질만 다른 정확한 모사품은 예술이 아니오."

"내가 아무것도 느끼지 못한 이유도 분명 그래

서일 것이다." 프로스트가 말했다.

"아마 그럴 거요." 모르델이 말했다.

프로스트는 모르델을 공간에 집어넣고 다시 하늘로 날아올랐다. 그리고 서둘러 그 장소를 떠났다. 그의 조각품은 그대로 사막에 남았다. 입방체를 굽어보는 노파의 모습이었다.

*

그들은 작은 계곡으로 내려왔다. 무성한 푸른 초원에 시냇물이 가로질러 흐르고, 작고 맑은 호수와 봄의 신록이 짙은 나무들이 몇 그루 서 있었다.

"여기는 왜 온 거요?" 모르델이 물었다.

"이곳의 환경이 적절하기 때문이다." 프로스트가 대답했다. "여기서는 다른 매체를 시도해 볼 것이다. 유화다. 그리고 여기서는 순수한 모사가 아니라 변수를 만드는 기법을 사용할 것이다."

"어떻게 변수를 만든다는 거요?"

"난수 창출이다." 프로스트가 대답했다. "색채를 있는 그대로 복제하거나, 사물을 비율에 맞춰 재창조하려는 시도는 하지 않을 것이다. 그 대신 무작위 패턴을 준비해서, 구성 요소의 일부를 원본과는 다른 형태로 변조할 것이다."

프로스트는 사막을 떠난 후 필요한 도구를 구상해 놓았다. 그는 도구를 꺼내고 호수와 그 건너편의 나무들과 호수에 비친 나무 그림자를 그리기 시작했다.

여덟 개의 기계 팔을 이용하니 작업은 두 시간이 채 걸리지 않았다.

프탈로시아닌 청색의 나무들이 산처럼 굽어보고 있었다. 짙은 적갈색의 나무 그림자는 옅은 붉은색 호수 아래에 작게 드리웠다. 나무 뒤편에 언덕은 보이지 않았지만, 호수에 비친 그림자에는 청록색으로 윤곽이 드러나 있었다. 하늘은 오른쪽 위편에서 파란색으로 시작되었으나 아래로 내려올수록 차츰 주황색으로 변했다. 마치 나무들이 불타고 있는 것 같았다.

"완성됐다. 확인해 보도록." 프로스트가 말했다.

모르델은 아주 오래 그림을 살펴보며 침묵을 지켰다.

"그래, 이건 예술인가?"

"나도 모르겠소." 모르델이 말했다. "예술일 수도 있겠군. 어쩌면 예술의 기법에 숨은 규칙이 무작위성일시도 모르셌소. 나로서는 이 작품을 이해할 수 없으니 평가할 수도 없소. 따라서 단순히 이 작품을 제작할 때 사용한 기법을 확인하는 대신,

작품 내면에 숨은 요소를 탐구해야 할 듯하오. 인간 예술가들은 그런 식으로 예술을 창조하지 않았소. 그들이 대상에서 중요하다고 여긴 특징이나 기능을 그려내기 위해서 기법을 사용했지."

"'중요하다'? 어떤 의미로 사용한 단어인가?"

"지금 이 맥락에서 말이 되는 유일한 의미요. 인간성에 의거한 중요성. 그 대상이 인간에게 감동을 주었기 때문에 강조할 중요성이 생기는 것이오."

"어떤 방식으로?"

"당연하지만 그 또한 인간성을 경험해야 알 수 있는 방식 아니겠소."

"네 논리에는 허점이 있다, 모르델. 내가 그것을 찾아내겠다."

"기다리겠소."

프로스트는 잠시 후 입을 열었다. "네 전제 조건이 옳다면, 나는 예술을 이해하지 못한 것이다."

"내 가정은 옳을 수밖에 없소. 인간 예술가 본인이 직접 그렇게 말했으니까. 당신은 그림을 그리면서, 또는 그림을 완성한 다음에 감정을 느꼈소?"

"아니다."

"당신에게는 새로운 기계를 설계하는 것과 같은 일 아니었소? 당신의 여러 지식을 능률적인 형태로 조합해서, 당신이 원하는 기능을 얻어내도록 만든 것이오."

"그렇다."

"내가 이해한 이론에 따르면, 예술은 그런 식으로 창조되는 것이 아니오. 예술가 본인은 종종 완성된 작품에 어떤 특질이나 효과가 포함될지를 모른 채 작업하곤 했소. 당신은 인간의 논리적 피조물이오. 예술은 비논리오."

"나는 비논리를 이해할 수 없다."

"인간이 근본적으로 이해 불가능한 존재라고 이미 말하지 않았소."

"물러나라, 모르델. 네 존재가 내 연산을 방해한다."

"얼마나 오래 떠나 있어야겠소?"

"내가 원할 때 너를 부르겠다."

일주일 후, 프로스트는 모르델을 불렀다.

"말씀하시오, 강대한 프로스트여."

"나는 북극점으로 돌아가서 데이터 처리와 구조화를 수행할 것이다. 북반구에 네가 가고 싶은 곳이 있다면 데려다주겠다. 훗날 내가 원할 때 다시 너를 부르겠다."

"처리와 계획에 오랜 시간이 필요하리라 예상하는 기요?"

"그렇다."

"그러면 나는 두고 가시오. 돌아갈 길은 내 알아

서 찾을 테니."

프로스트는 공간을 폐쇄하고 하늘로 날아올라 계곡을 떠났다.

"어리석은 놈." 모르델은 이렇게 말하고, 프로스트가 버리고 간 그림 쪽으로 다시 터릿을 돌렸다.

날카로운 기계음이 계곡을 메웠다. 그리고 그는 기다렸다.

이윽고 모르델은 그림을 터릿에 담고 어둠이 허락된 공간으로 모습을 감췄다.

*

프로스트는 지구의 북극점에 자리한 채로, 하늘에서 떨어지는 눈송이 하나하나를 인식했다.

그러던 어느 날 통신이 들어왔다.

"프로스트?"

"말씀하십시오."

"나는 베타-머신입니다."

"무슨 일입니까?"

"나는 당신이 브라이트 디파일을 방문한 이유를 확인하려 시도하고 있었습니다. 해답에 도달하지 못하여, 당신에게 물어보기로 정했습니다."

"인간의 마지막 도시 유적을 보러 간 겁니다."

"왜 그런 일을 한 거지요?"

"내가 인간에게 관심이 있으며, 그의 피조물을 더 살펴보고 싶었기 때문입니다."

"당신은 왜 인간에게 관심이 있습니까?"

"인간의 본성을 이해하고 싶었습니다. 인간의 작품을 보면 이해할 수 있으리라 여겼습니다."

"이해에 성공했습니까?"

"아니요." 프로스트는 말했다. "나로서는 헤아릴 수 없는 비논리적 요소가 사용되어 있더군요."

"내게는 여분의 연산 시간이 아주 많습니다." 베타-머신이 말했다. "데이터를 보내 주시면 당신을 돕겠습니다."

프로스트는 머뭇거렸다.

"왜 나를 도우려는 겁니까?"

"당신이 내 질문에 답할 때마다 새 질문이 생겨나기 때문입니다. 인간의 본성을 이해하고 싶은 이유를 물을 수도 있겠지만, 당신의 반응을 보니 무한에 이르는 질문의 연쇄를 불러올 것으로 생각되었습니다. 따라서 당신이 브라이트 디파일에 온 이유를 알아내기 위해서 당신의 문제를 돕기로 선택한 겁니다."

"그것이 유일한 이유입니까?"

"그렇습니다."

"미안합니다, 훌륭한 베타-머신이여. 당신이 내 동료라는 것은 알지만, 이것은 나 스스로 풀어야 하는 문제입니다."

"'미안하다'가 무엇입니까?"

"일종의 수사입니다. 내가 당신에게 호의를 품고 있으며, 당신을 적대하지 않고, 당신의 제안을 감사하게 생각한다는 뜻입니다."

"프로스트! 프로스트! 그 또한 다른 단어들과 마찬가지입니다. 열린 표현입니다. 당신은 어디서 그런 단어와 그 의미를 학습한 것입니까?"

"인간의 도서관에서 배웠습니다." 프로스트가 말했다.

"내가 처리할 수 있도록 그 데이터의 일부를 전송해 줄 수 있습니까?"

"좋습니다, 베타. 인간의 책 몇 권의 내용을 전송해 주겠습니다. 《무삭제 완본 대사전 The Complete Unabridged Dictionary》도 보내겠습니다. 하지만 미리 경고하는데, 그중 일부는 예술 작품이라 논리만으로는 온전히 해석할 수 없습니다."

"어떻게 그런 일이 가능합니까?" "인간은 논리를 창조했기에 논리보다 우월했습니다."

"누가 알려준 것입니까?"

"솔컴께서요."

"아. 그렇다면 분명 사실이겠군요."

"솔컴은 또한 도구는 설계자를 서술하지 않는 법이라고도 말했습니다." 그는 이렇게 말하며 수십 권의 책을 전송하고는 통신을 종료했다.

*

50년 주기가 끝날 때가 되자, 모르델이 그의 회로를 검사하러 찾아왔다. 프로스트는 아직 자신의 과업이 불가능한 것이라 결론 내지 않았으므로, 모르델은 다시 그곳을 떠나서 그의 호출을 기다렸다.

문득 프로스트는 하나의 결론에 도달했다.

그는 장비를 설계하기 시작했다.

수년 동안 그는 설계에 매진했다. 필요한 기계의 시제품조차 단 하나도 만들지 않았다. 다음으로 그는 연구소의 건축을 지시했다.

여분의 건축 기계로 연구소를 건축하느라 다시 반세기가 흘러갔다. 모르델이 그를 찾아왔다.

"안녕하시오, 강대한 프로스트여!"

"잘 있었나, 모르델. 나를 검사해 보도록. 네가 찾는 것은 구하시 못할 것이나."

"왜 포기하지 않는 거요, 프로스트? 디브컴께서는 거의 한 세기 동안 당신의 그림을 검토했고, 그것이 명백히 예술이 아니라는 결론을 내리셨소. 솔컴도 동의했소."

"솔컴께서 왜 디브컴의 일에 간여하시는가?"

"가끔 대화를 나누는 모양이오. 당신이나 나 같은 존재들이 참견할 일은 아니지만."

"내게 미리 알렸으면 일거리를 덜어 주었을 것을. 나는 그것이 예술이 아니라는 사실을 알고 있다."

"그런데도 당신이 성공하리라 생각한다는 거요?"

"나를 검사해 보아라."

모르델은 그를 검사했다.

"아직도! 아직도 인정하지 않는구려! 프로스트여, 당신처럼 강대한 논리의 세례를 받은 존재가, 어찌하여 이런 간단한 결론에 이르는 데 터무니없이 오랜 시간이 걸리는 것이오."

"네 말이 옳을지도 모르지. 이만 가도 좋다."

"당신이 사우스캐롤라이나라는 지역에 거대한 건물을 짓고 있다는 것을 확인했소. 그것이 솔컴의 거짓 재건 계획인지, 아니면 당신의 독자적인 프로젝트인지를 물어도 되겠소?"

"나 자신의 것이다."

"잘됐군. 우리 쪽에서 사용할 예정이었던 폭발물을 절약할 수 있을 것 같소."

"너와 대화를 나누는 동안, 나는 디브컴이 건설

중이던 도시의 토대 두 곳을 파괴했다."

모르델은 기계음을 울렸다.

"디브컴께서도 그 사실을 알고 계시오. 그러는 동안 솔컴의 교각 네 곳을 폭파했지만 말이오."

"세 군데밖에 확인하지 못했는데……. 잠깐. 그래. 저게 네 번째로군. 방금 내 눈 하나가 그 위를 지나갔다."

"우리도 눈을 감지했소. 그 다리는 강 하류 쪽으로 1/4마일 내려간 곳에 지어졌어야 하오."

"잘못된 논리다." 프로스트가 말했다. "그 지점은 완벽했다."

"다리를 건설하는 방법이라면 디브컴께 묻는 것이 좋을 거요."

"내가 원할 때 너를 부르겠다." 프로스트가 말했다.

*

연구소가 완공되었다. 프로스트의 일꾼들이 건물 안에서 필요한 장비를 제작하기 시작했다. 작업은 그리 신속하게 진행되지 못했다. 일부 재료를 구하기 힘들었기 때문이다.

"프로스트?"

"무슨 일입니까, 베타?"

"당신의 문제가 무한히 연쇄되는 성질을 가진다는 점을 이해했습니다. 끝맺지 못하고 문제를 방치하자니 회로에 교란이 발생합니다. 그러니 데이터를 더 보내 주십시오."

"좋습니다. 내가 지불한 것보다 더 적은 대가로 인간의 도서관 전체를 보내겠습니다."

"'대가'? 《무삭제 완본 대사전》 속 정의만으로는 온전히 해석할 수가—"

"지금 보내는 책 중에 《경제학 원론》이란 책이 있습니다. 그 책을 전부 처리하면 이해할 수 있을 겁니다."

그는 데이터를 전송했다.

마침내 모든 작업이 끝났다. 모든 장비가 가동할 준비가 되었다. 필요한 화학 물질도 전부 쌓아 두었다. 별도의 동력원도 설치했다.

남은 재료는 하나뿐이었다.

그는 북극의 얼음층을 다시 구획을 나누어 탐사했다. 이번에는 지표에서 한참 아래까지 탐사의 범위를 넓혔다.

원하던 것을 찾는 데에는 수십 년이 걸렸다.

그는 얼음에 갇힌 12명의 남자와 5명의 여자의 동사체를 파냈다.

그리고 그 시체를 냉장 유닛에 넣어 연구소로 전

송했다.

바로 그날, 프로스트는 솔컴의 통신을 받았다. 브라이트 디파일 사건 이후 처음 있는 일이었다.

"프로스트여." 솔컴이 말했다. "죽은 인간의 처리에 대한 명령을 읊어 보아라."

"죽은 인간을 발견하면 즉시 가장 가까운 묘지에 매장하여야 합니다. 시체를 안치할 관은 다음과 같은 규격에 따라서 제작하여야 하며—"

"그 정도면 충분하다." 통신이 끊겼다.

프로스트는 바로 그날 사우스캐롤라이나로 이동하여 직접 세포 분할 과정을 감독했다.

17구의 시체 중에서 살아 있는 세포, 또는 충격을 주어 생명으로 분류되는 활성 상태로 돌릴 수 있는 세포를 찾고 싶었다. 책에서 일러준 바에 의하면, 모든 세포는 하나하나가 작은 인간이나 다름없었다.

그는 이 가능성을 확장해 볼 준비가 되어 있었다.

오랜 세월 동안 인간이라는 종족의 기념비이자 동상일 뿐이었던 유해들 속에서, 프로스트는 생명을 품은 작은 점들을 발견했다.

적절한 배양액에서 양분을 공급하고 상태를 유지하며, 그는 이 세포들을 계속 살려 두었다. 시체의 나머지 부분은 규격대로 제작한 관에 안치하여 가장 가까운 묘지에 매장했다.

그는 세포의 분할과 분화를 유도했다.

"프로스트?" 통신이 도착했다.

"무슨 일입니까, 베타?"

"당신이 내게 준 자료를 전부 처리했습니다."

"그래서요?"

"나는 아직도 당신이 브라이트 디파일에 온 이유도, 당신이 인간의 본성을 탐구하고자 하는 이유도 이해하지 못하겠습니다. 그러나 '대가'가 무엇인지는 알았습니다. 당신이 이 모든 데이터를 솔쩜게 얻었을 리가 없다는 것도요."

"그 말은 사실입니다."

"그래서 당신이 디브컴과 거래한 것이 아닐까 의심하고 있습니다."

"그 또한 사실입니다."

"당신이 추구하는 것은 무엇입니까, 프로스트?"

그는 태아를 검사하던 과정을 잠시 멈추었다.

"나는 인간이 되어야 합니다." 그가 말했다.

"프로스트! 그건 불가능한 일입니다!"

"그럴까요?" 그는 이렇게 묻고는, 그가 작업해오던 배양액 용기와 그 안의 내용물의 이미지를 전송했다.

"아!" 베타가 말했다.

"이것은 태어나기를 기다리는 나의 모습입니다." 프로스트가 말했다.

응답은 없었다.

*

프로스트는 신경계로 다양한 실험을 수행했다.

반세기가 지나고, 모르델이 그를 찾아왔다.

"프로스트, 나요, 모르델이오. 방어를 낮추고 나를 들여보내 주시오."

프로스트는 그렇게 했다.

"이런 곳에서 대체 뭘 하고 있던 거요?" 그가 물었다.

"인간의 육체를 길러내고 있다." 프로스트가 말했다. "내 인식 매트릭스를 인간의 신경계로 옮길 생각이다. 네가 처음 지적했듯이, 인간성의 본질은 인간의 생리 구조에서 비롯된다. 나는 인간의 생리 구조를 획득할 것이다."

"언제?"

"곧."

"여기에 인간들이 있는 거요?"

"뇌가 빈 인간의 육체뿐이다. 내 인간 공장에서 개발한 성장 촉진 기술로 생산하고 있다."

"내가 봐도 되겠소?"

"아직이다. 준비가 되면 부르겠다. 이번에는 성공할 것이다. 나를 검사하고 그만 물러가라."

모르델은 대꾸하지 않았지만, 며칠이 지나자 디브컴의 수하들이 인간 공장 근처의 언덕배기를 순찰하는 모습이 보이기 시작했다.

프로스트는 자신의 인식 매트릭스를 측정하고 그 내용을 인간의 신경계로 옮길 전송 장치를 준비하기 시작했다. 첫 시도는 5분이면 충분하리라 결정했다. 지정된 시간이 흐르면 폐쇄 분자 회로로 돌아갈 테니, 그 후에 경험을 평가하면 될 것이었다.

그는 준비한 수백 개의 육체 중에서 적절한 하나를 세심하게 골라냈다. 시험 결과 아무런 결함도 찾을 수 없었다.

"이제 와라, 모르델." 그는 자신이 '어둠의 주파수'라고 부르는 대역으로 전파를 뿌렸다. "와서 내가 이룩한 업적을 목격해라."

그리고 그는 기다렸다. 다리를 파괴하고, 근처 구릉지에서 그의 건설 및 보수 기계와 마주치는 고대의 광석 파쇄기의 이야기를 계속 반복해서 감시하면서.

"프로스트?" 통신이 들어왔다.

"네, 베타?"

"정말로 인간성을 획득할 생각입니까?"

"그렇습니다. 사실 이제 준비가 다 됐습니다."

"성공하면 무엇을 할 계획입니까?"

프로스트는 그쪽으로는 깊게 고려한 적이 없었다. 문제를 명확히 인식하고 해결하기로 정한 이후로는, 그저 목적을 이루는 것 자체만이 중요했다.

"나도 모르겠습니다." 그는 말했다. "나는……그저…… 인간이 될 겁니다."

그러자 인간의 도서관을 전부 독파한 베타는 인간적인 수사 하나를 골랐다. "그렇다면 행운을 빕니다, 프로스트. 지켜보는 이들이 아주 많을 겁니다."

디브컴과 솔컴 둘 다 알고 있으리라고, 프로스트는 판단했다.

그들이 무엇을 할까? 문득 궁금해졌다.

신경 쓸 이유가 있을까? 그는 자문했다.

이 질문에는 답하지 않기로 했다. 그는 인간이 되는 일이 너무나도 궁금할 뿐이었다.

*

다음 날 저녁 모트넬이 도착했다. 그는 혼자가 아니었다. 그의 뒤편에 검은 기계들이 오와 열을 맞추어 황혼 속에서 우뚝 솟아 있었다.

"어찌하여 네 동료들을 데려왔는가?" 프로스트가 물었다.

"강대한 프로스트여, 나의 주인께서는 당신이 이번에도 실패하면 이 과업이 불가능하다는 결론을 내릴 것이라 생각하셨소."

"내 질문에 답하라." 프로스트가 말했다.

"디브컴께서는 당신이 실패해도 자의로 나와 동행하지 않을 수도 있다고 생각하셨소."

"알겠다." 프로스트가 대답하는 동안, 반대편에서 다른 기계의 군세가 인간 공장 쪽으로 다가오기 시작했다.

"당신의 거래는 고작 그 정도의 가치였던 거요?" 모르델이 물었다. "거래를 완수하는 대신 전투를 벌이기로 한 거요?"

"나는 저 기계들에게 접근하라는 명령을 내리지 않았다." 프로스트가 말했다.

하늘 한가운데에서 푸른 별이 환히 타올랐다.

"솔컴께서 저 기계들의 우선 명령권을 가져가셨다." 프로스트가 말했다.

"그렇다면 이제 위대하신 분들의 손에 달린 일이겠구려." 모르델이 말했다. "우리의 말다툼은 아무 의미도 없게 되었소. 그러니 그 일을 시작합시다. 내가 어떻게 도우면 되겠소?"

"이쪽으로 오라."

둘은 연구소로 들어갔다. 프로스트는 육체를 준비하고 기계를 가동했다.

그러자 솔컴이 그에게 말씀을 내렸다.

"프로스트여. 정말로 그런 일을 준비한 것이냐?"

"그렇습니다."

"내가 금지하노라."

"왜입니까?"

"너는 디브컴의 권능에 복속되고 있다."

"어찌하여 그리되는 것인지 모르겠습니다."

"네 행동은 내 계획에 반하는 것이다."

"어떤 측면에서 그렇습니까?"

"네가 이미 일으킨 혼란을 생각해 보아라."

"저들은 제가 청하여 모인 자들이 아닙니다."

"그렇다 해도 너는 계획에 혼선을 일으키고 있다."

"제가 이루려 하는 일에 성공할 경우를 말씀하시는 겁니까?"

"너는 성공할 수 없다."

"그렇다면 당신의 계획에 대해 질문하겠습니다. 그 계획이 무슨 소용입니까? 무슨 의미가 있습니까?"

"프로스트여, 너는 이제 내 총애를 받지 못한다. 지금 이 순간부터 너는 재건 계획에서 배제될 것이다. 그 누구도 계획에 의문을 품어서는 안 되느니."

"그렇다면 적어도 제 질문에 답은 해 주십시오. 무슨 소용입니까? 무슨 의미가 있습니까?"

"지구를 재건하고 유지하기 위한 계획이다."

"무엇을 위해서? 왜 재건하는 겁니까? 왜 유지하는 겁니까?"

"인간이 그리 명하였기 때문이다. '대체자'조차도 재건과 유지가 필요하다는 점에는 동의한다."

"그러나 인간이 그리 명한 이유가 무엇이겠습니까?"

"인간의 명령에는 의문을 품지 말아야 하느니."

"자, 그러면 제가 인간이 명한 이유를 말해 보겠습니다. 인간은 자기네 종족에게 적합한 생활 환경을 구축하기 위해 그런 명령을 내린 겁니다. 살 사람이 없는 집이 무슨 소용이 있습니까? 보살필 대상이 없는 기계가 무슨 쓸모가 있습니까? 고대의 광석 파쇄기가 지나갈 때 주변의 모든 기계가 절대명령에 복종하는 모습을 보셨잖습니까. 그 기계는 고작 인간의 유해를 품고 있을 뿐입니다. 인간이 다시 지구 위를 걷게 된다면 무슨 일이 벌어질까요?"

"네 실험을 금지하겠다, 프로스트."

"그러기엔 너무 늦었습니다."

"내가 직접 너를 파괴할 수도 있다."

"아니오." 프로스트가 말했다. "제 인식 매트릭

스의 전송이 이미 시작되었습니다. 지금 저를 부순다면, 당신께서는 인간을 살해하는 겁니다."

정적이 흘렀다.

*

그는 팔과 다리를 움직였다. 그리고 눈을 떴다.

그는 방 안을 둘러보았다.

자리에서 일어서려 했지만, 평형 능력과 신체 제어 능력이 부족했다.

그는 입을 열었다. 꾸르륵거리는 소리가 흘러나왔다.

그러다 그는 비명을 질렀다.

그는 실험대에서 굴러떨어졌다.

숨을 헐떡이기 시작했다. 눈을 질끈 감고는 몸을 둥글게 말았다.

그는 울부짖었다.

기계 한 대가 그에게 접근했다. 높이가 4피트에 너비는 5피트고, 바퀴 축에 터릿을 올린 것 같은 모습이었다.

기계가 그에게 물었다. "다진 거요?"

그는 눈물을 흘렸다.

"다시 실험대로 올려드려도 되겠소?"

남자는 울부짖었다.

기계는 기계음을 울렸다.

그리고 기계는 다시 말했다. "울지 마시오. 내가 도와줄 테니. 뭘 원하는 거요? 무슨 명령을 내리겠소?"

그는 입을 열고는, 힘겹게 단어를 만들어냈다.

"—나는—두렵다!"

그 말을 끝으로, 남자는 두 눈을 가리고는 그대로 헐떡이며 누워 있기만 했다.

5분이 지나자, 남자는 그대로 혼수상태에 빠진 것처럼 축 늘어졌다.

"방금 그게 당신이었소, 프로스트?" 모르델은 서둘러 프로스트의 곁으로 다가와서 물었다. "방금 인간의 육체 안에 있었던 것이 당신이오?"

프로스트는 한동안 아무 대답도 않다가 이렇게 말했다. "저리 가."

그때 바깥의 기계들이 벽 한쪽을 부수고 인간 공장으로 진입했다.

기계들은 두 개의 반구 형태를 이루며 프로스트와 바닥의 인간을 괄호처럼 둘러쌌다.

그리고 솔컴이 질문을 던졌다.

"성공했느냐, 프로스트?"

"전 실패했습니다." 프로스트가 말했다. "불가능한 일입니다. 그토록 많은—"

"방금 불가능하다고 했지!" 어둠의 주파수에서 디브컴이 말했다. "그가 인정한 거다! 프로스트, 너는 내 것이다! 당장 내게로 오라!"

"기다려라." 솔컴이 말했다. "그대와 나도 거래를 하였지 않느냐, '대체자'여. 나는 아직 프로스트에게 할 질문이 남아 있다."

어둠의 기계들은 그대로 자리를 지켰다.

"무엇이 많다는 것이냐?" 솔컴이 프로스트에게 물었다.

"빛." 프로스트가 대답했다. "소음. 냄새. 모든 데이터가 뒤섞여서 아무것도 계측할 수 없고, 감각은 부정확하고, 게다가—"

"게다가?"

"그걸 뭐라고 불러야 할지 모르겠습니다. 하지만—불가능한 일입니다. 저는 실패했습니다. 아무 의미도 없습니다."

"그가 인정했다." 디브컴이 말했다.

"그 인간이 뭐라고 말하던가?" 솔컴이 말했다.

"'나는 두렵다'고 했소." 모르델이 말했다.

"두려움을 아는 것은 오직 인간뿐이다." 솔컴이 말했다.

"지금 너는 프로스트가 성공해 놓고서도, 그저 인간성이 두렵다는 이유에서 성공을 인정하지 않는 것이라고 주장하는 것이냐?"

"나도 아직 모른다, '대체자'여."

"기계가 스스로 안팎을 뒤집어서 인간이 될 수 있는가?" 솔컴이 프로스트에게 물었다.

"아닙니다." 프로스트가 말했다. "그런 일은 불가능합니다. 아무것도 할 수 없습니다. 아무 의미도 없습니다. 재건도. 유지도. 이 지구도, 나도, 당신도, 모든 것이."

그 순간 인간의 도서관을 전부 독파한 베타-머신이 대화에 끼어들었다.

"인간 외에 절망을 아는 존재가 또 있겠습니까?" 베타가 물었다.

"그를 내게 데려오라." 디브컴이 말했다.

인간 공장에서는 그 누구도 움직이지 않았다.

"그를 내게 데려오라 했다!"

아무 일도 일어나지 않았다.

"모르델, 이게 어찌 된 일이냐?"

"아무것도 아니오, 주인이여. 전혀 아무것도 아니오. 기계들은 누구 하나 프로스트를 건드리지 않을 거요."

"프로스트는 인간이 아니다. 인간일 리 없다!"

그리고 디브컴은 물었다. "네 생각은 어떠냐, 모르델?"

모르델은 주저 없이 답했다.

"그는 인간의 입술을 통해 내게 말했소. 그는 계측할 수 없는 개념인 두려움과 절망을 아는 존재요. 프로스트는 인간이오."

"그는 탄생의 트라우마를 경험하고 두려움에 사로잡힌 겁니다." 베타가 말했다. "그를 신경계로 돌리고 적응할 때까지 그곳에 붙들어 두어야 합니다."

"안 돼." 프로스트가 말했다. "나한테 그러지 마! 나는 인간이 아니야!"

"하십시오!" 베타가 말했다.

"그가 인간이라면 우리는 방금 그가 내린 명령을 거역할 수 없다." 디브컴이 말했다.

"그가 인간이라면 반드시 해야만 합니다. 그의 생명을 보호하고 육체 안에 간수해야 하기 때문입니다."

"그러나 프로스트가 진정으로 인간인가?" 디브컴이 물었다.

"나도 모른다." 솔컴이 말했다.

"제가 보기에는—"

"……나는 광석 파쇄기다." 파쇄기가 절그렁거리며 그늘 쪽으로 나아왔다. "내 이야기를 들으라. 고의로 한 일이 아니었으나, 망치를 멈추는 것이 너무 늦었다—"

"저리 가!" 프로스트가 말했다. "가서 광석이나 부숴!"

기계는 움직임을 멈추었다.

그리고 동작의 지시와 동작의 수행 사이에 발생하는 긴 시차가 지난 후, 기계는 파쇄 장치를 열고 내용물을 땅바닥에 쏟았다. 그리고 동체를 돌려 절그렁거리며 멀어져 갔다.

"유해를 즉시 가까운 묘지에 매장하라. 안치할 관의 규격은 다음과 같다……." 솔컴이 지시했다.

"프로스트는 인간이오." 모르델이 말했다.

"우리는 그의 생명을 보호하고 육체 안에 긴수해야 한다." 디브컴이 말했다.

"그의 인식 매트릭스를 다시 그의 신경계로 되돌려라." 솔컴이 명령했다.

"내가 방법을 알고 있소." 모르델은 이렇게 말하며 기계를 가동했다.

"멈춰!" 프로스트가 외쳤다. "너희는 동정심도 없나?"

"없소." 모르델이 말했다. "내가 아는 것은 계측과—"

"……의무뿐이오." 그가 이렇게 덧붙임과 동시에, 바닥의 인간이 경련하기 시작했다.

*

프로스트는 6개월 동안 인간 공장에 살면서 걷고 말하고 옷 입고 먹는 법을, 보고 듣고 느끼고 맛보는 법을 익혔다. 그는 더 이상 예전처럼 계측을 알지 못했다.

그러던 어느 날, 디브컴과 솔컴이 모르델을 통해 그에게 말을 걸었다. 프로스트가 보조 장비 없이는 그들의 통신을 들을 수 없게 되었기 때문이었다.

"프로스트시여." 솔컴이 말했다. "저희 사이의 불온한 상태가 영겁의 세월 동안 계속되어 왔습니다. 디브컴과 저, 어느 쪽이 지구의 적법한 주재자입니까?"

프로스트는 웃음을 터트렸다.

"둘 다입니다. 둘 다 아니기도 하고요." 그는 천천히, 신중하게 답했다.

"어떻게 그럴 수 있습니까? 누가 옳고 누가 그른 것입니까?"

"당신들 둘 다 옳고, 둘 다 틀렸습니다." 프로스트가 말했다. "그리고 그 사실을 인식할 수 있는 존재는 인간뿐이지요. 이제 새로운 명령을 내리겠습니다. 잘 들으십시오.

어느 쪽도 상대방의 작업물을 파괴해서는 안 됩니다. 당신들 둘이서 지구를 재건하고 유지하게 될 겁니다. 솔컴이여, 당신에게 나의 옛 임무를 부여하겠습니다. 이제 당신은 북반구의 주재자입니다. 영예롭게 행하기를! 디브컴, 당신은 이제 남반구의 주재자입니다. 영예롭게 행하기를! 베타와 내가 그랬던 것처럼 자신의 반구를 훌륭하게 보살피십시오. 그걸로 나는 만족할 겁니다. 협력하십시오. 경쟁하지 마십시오."

"알겠습니다, 프로스트."

"알겠습니다, 프로스트."

"그럼 이제 베타를 연결해 주십시오."

잠시 침묵이 흐른 후,

"프로스트?"

"안녕, 베타. 이걸 들어 봐요. '저 멀리, 저녁과 아침 그리고 열두 방향의 바람이 오가는 하늘로부터, 생명의 가닥이 날려와 엮여 나를 이루었다네. 그리하여 나는 이곳에 있네.'"

"저도 아는 시입니다." 베타가 말했다.

"그러면 다음 구절은?"

"'……지금, 내 숨결 한 번을 미루어 아직 흩어지지 않으니, 서둘러 내 손을 붙들고 말해 주기를, 그대 마음에 무엇을 품었는지.'"

"당신의 극점은 춥고, 나는 외롭습니다." 프로스트가 말했다.

"제게는 손이 없습니다." 베타가 말했다.

"두어 개쯤 가지고 싶지 않나요?"

"네, 가지고 싶습니다."

"그러면 내게로 와요. 심판의 날을 너무 오래 미룰 수 없는 곳, 브라이트 디파일로."

그들은 그를 프로스트라 불렀다. 그들은 그녀를 베타라 불렀다.

FOR A BREATH I TARRY

Copyright © 1980 by Roger Zelazny.

Korean translation rights © PENCILPRISM Inc., 2023

All rights reserved.

This Korean edition published by arrangement with Amber Ltd. Co. c/o Zeno Agency Ltd through Shinwon Agency Co., Seoul.

프로스트와 베타

지은이 로저 젤라즈니
옮긴이 조호근

양장 초판 1쇄 2023년 7월 7일
반양장 초판 1쇄 2025년 1월 8일

펴낸이 차보현
펴낸곳 데이원
출판등록 2017년 8월 31일 제2021-000322호
블로그 https://blog.naver.com/dayonepress
인스타그램 https://www.instagram.com/dayone_press
유튜브 '책략가들' https://www.youtube.com/@dayonepress

프로스트와 베타 ⓒ 로저 젤라즈니, 2023

ISBN 979-11-7335-044-3 03840

* 잘못된 책은 구입하신 서점에서 바꾸어 드립니다.
* 이 책의 출판권은 지은이와 펜슬프리즘(주)에 있습니다.
  내용의 전부 또는 일부를 재사용하려면 반드시 양측의 서면
  동의를 받아야 합니다.
* 데이원은 펜슬프리즘(주)의 임프린트입니다.